最幸福的禮物／唐密，喻麗清文；林柏廷圖．
－ 初版 － 台北市：大塊文化，
2005〔民94〕面；　公分．（catch082）

ISBN 986-7600-84-3（精裝）

859.6　　　　　　　　　93020143

catch 082
最幸福的禮物
唐密、喻麗清◎文
林柏廷◎圖
責任編輯：韓秀玫　美術編輯：林柏廷
法律顧問：全理法律事務所董安丹律師
出版者：大塊文化出版股份有限公司
台北市105南京東路四段25號11樓
讀者服務專線：080-006689
TEL：(02) 87123898　FAX：(02) 87123897
郵撥帳號：18955675　　戶名：大塊文化出版股份有限公司
e-mail:locus@ locuspublishing.com　www.locuspublishing.com
行政院新聞局局版北市業字第706號
版權所有　翻印必究

總經銷：大和書報圖書股份有限公司
地址：新北市新莊區五工五路2號
TEL：(02) 89902588 (代表號)　FAX：(02) 22901658
初版一刷：2005年6月
初版二刷：2012年10月

定價：新台幣280元

最幸福的禮物

唐密、喻麗清◎文

林柏廷◎圖

我_{ㄛˇ}存_{ㄘㄨㄣˊ}了_{ㄌㄜ˙}很_{ㄏㄣˇ}久_{ㄐㄧㄡˇ}的_{ㄉㄜ˙}零_{ㄌㄧㄥˊ}用_{ㄩㄥˋ}錢_{ㄑㄧㄢˊ}，存_{ㄘㄨㄣˊ}了_{ㄌㄜ˙}好_{ㄏㄠˇ}多_{ㄉㄨㄛ}個_{ㄍㄜ˙}星_{ㄒㄧㄥ}期_{ㄑㄧ}，

不_{ㄅㄨˋ}只_{ㄓˇ}，可_{ㄎㄜˇ}能_{ㄋㄥˊ}存_{ㄘㄨㄣˊ}了_{ㄌㄜ˙}好_{ㄏㄠˇ}幾_{ㄐㄧˇ}個_{ㄍㄜ˙}月_{ㄩㄝˋ}。

記不清楚有多久，反正對八歲小孩
是很久很久。

我ㄛ第ㄉㄧ一ㄧ次ㄘ想ㄒㄧㄤ自ㄗ己ㄐㄧ給ㄍㄟ媽ㄇㄚ媽ㄇㄚ買ㄇㄞ個ㄍㄜ
母ㄇㄨ親ㄑㄧㄣ節ㄐㄧㄝ禮ㄌㄧ物ㄨ。

這次，我不想再送媽媽
自己做的東西了。
像我勞作課為媽媽的生日
用泥巴做的一顆心；

或者聖誕節
老師教我們做的卡片，
上面撒了好多
亮晶晶的
金粉。

這ㄓㄜˋ一一回ㄏㄨㄟˊ，
我ㄨㄛˇ真ㄓㄣ的ㄉㄜ˙計ㄐㄧˋ畫ㄏㄨㄚˋ了ㄌㄜ˙很ㄏㄣˇ久ㄐㄧㄡˇ。
我ㄨㄛˇ省ㄕㄥˇ下ㄒㄧㄚˋ每ㄇㄟˇ一一分ㄈㄣ零ㄌㄧㄥˊ用ㄩㄥˋ錢ㄑㄧㄢˊ，
還ㄏㄞˊ在ㄗㄞˋ後ㄏㄡˋ院ㄩㄢˋ拔ㄅㄚˊ草ㄘㄠˇ、

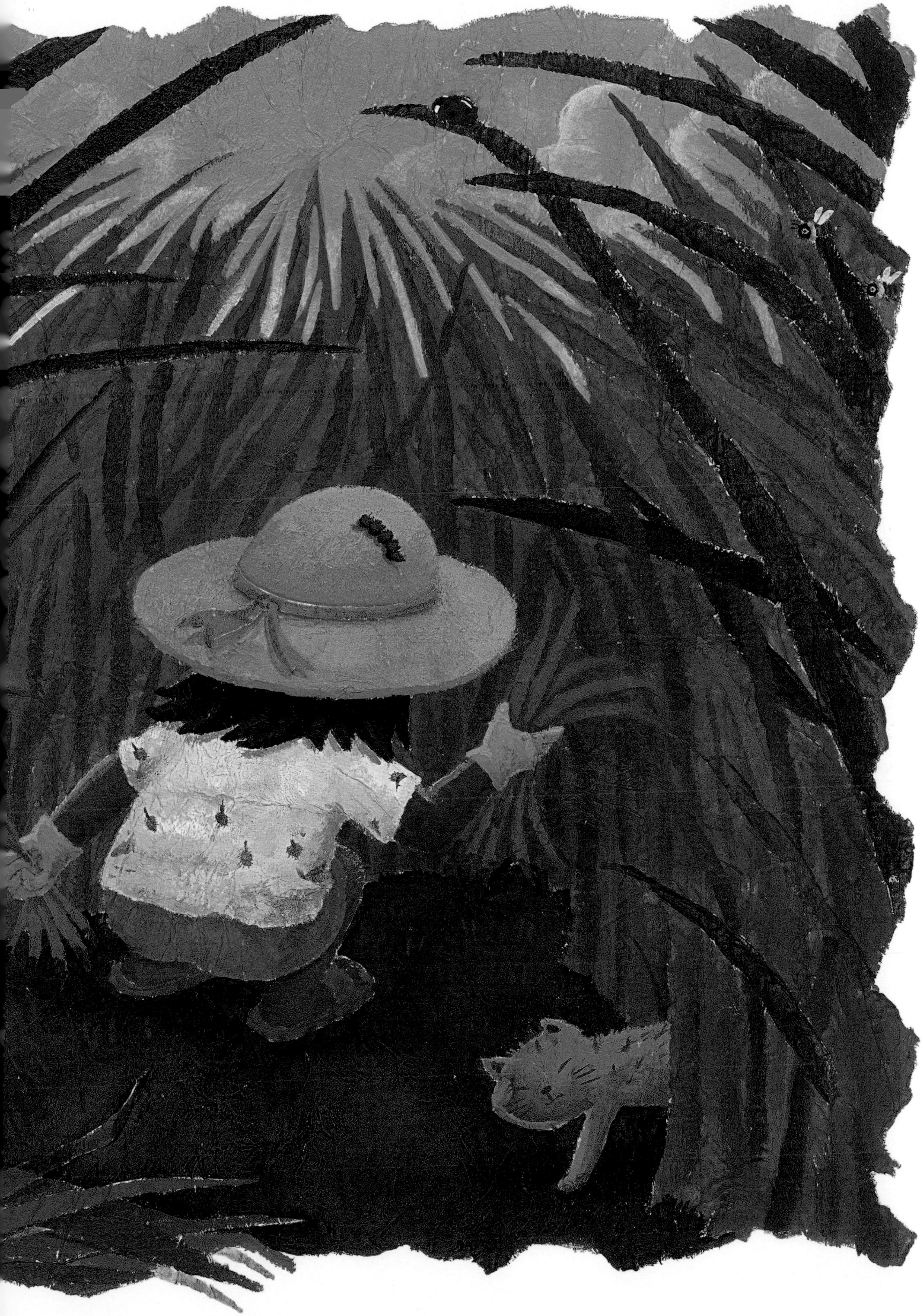

摺<ruby>衣<rt>ㄓㄜ</rt></ruby><ruby>服<rt>ㄈㄨ</rt></ruby>、

替爸爸洗車，做這些事賺錢。

連_{ㄌㄧㄢˊ}撿_{ㄐㄧㄢˇ}到_{ㄉㄠˋ}的_{ㄉㄜ˙}銅_{ㄊㄨㄥˊ}板_{ㄅㄢˇ}，也_{ㄧㄝˇ}存_{ㄘㄨㄣˊ}進_{ㄐㄧㄣˋ}儲_{ㄔㄨˇ}錢_{ㄑㄧㄢˊ}筒_{ㄊㄨㄥˇ}。

我ㄜˇ一ㄧ毛ㄇㄠˊ也ㄧㄝˇ沒ㄇㄟˊ有ㄧㄡˇ花ㄏㄨㄚ掉ㄉㄧㄠˋ。

我想給媽媽買樣禮物，最棒的禮物。
我知道哪兒可以買到好東西。

母親節前一天，學校照例有義賣會。
很多人捐東西給學校，
義賣的錢可以拿來辦課外活動。

我在擺滿東西的桌子邊繞了又繞。
有首飾、有植物、有巧克力糖，還有花瓶。

最_{ㄗㄨㄟ}亮_{ㄌㄧㄤ}眼_{ㄧㄢ}的_{ㄉㄜ}當_{ㄉㄤ}然_{ㄖㄢ}是_ㄕ那_{ㄋㄚ}條_{ㄊㄧㄠ}項_{ㄒㄧㄤ}鍊_{ㄌㄧㄢ}，
吊_{ㄉㄧㄠ}著_{ㄓㄜ}水_{ㄕㄨㄟ}晶_{ㄐㄧㄥ}做_{ㄗㄨㄛ}的_{ㄉㄜ}心_{ㄒㄧㄣ}，閃_{ㄕㄢ}閃_{ㄕㄢ}發_{ㄈㄚ}光_{ㄍㄨㄤ}好_{ㄏㄠ}可_{ㄎㄜ}愛_ㄞ。
可_{ㄎㄜ}是_ㄕ媽_{ㄇㄚ}媽_{ㄇㄚ}很_{ㄏㄣ}少_{ㄕㄠ}戴_{ㄉㄞ}項_{ㄒㄧㄤ}鍊_{ㄌㄧㄢ}，我_{ㄨㄛ}的_{ㄉㄜ}錢_{ㄑㄧㄢ}也_{ㄧㄝ}不_{ㄅㄨ}夠_{ㄍㄡ}。

那些盆栽真好看，
像規規矩矩坐在位子上等著點名。

有_{ㄧㄡ}的_{ㄉㄜ}植_ㄓ物_ㄨ像_{ㄒㄧㄤ}滿_{ㄇㄢ}頭_{ㄊㄡ}亂_{ㄌㄨㄢ}髮_{ㄈㄚ}的_{ㄉㄜ}音_{ㄧㄣ}樂_{ㄩㄝ}家_{ㄐㄧㄚ}。

有_{ㄧㄡˇ}的_{ㄉㄜ˙}植_{ㄓˊ}物_{ㄨˋ}張_{ㄓㄤ}牙_{ㄧㄚˊ}舞_{ㄨˇ}爪_{ㄓㄠˇ}，像_{ㄒㄧㄤ}怪_{ㄍㄨㄞˋ}獸_{ㄕㄡˋ}。

可ㄎㄜˇ是ㄕˋ，媽ㄇㄚ媽ㄇㄚ在ㄗㄞˋ院ㄩㄢˋ子ㄗˇ裡ㄌㄧˇ種ㄓㄨㄥˋ的ㄉㄜ˙植ㄓˊ物ㄨˋ太ㄊㄞˋ多ㄉㄨㄛ了ㄌㄜ˙，
再ㄗㄞˋ送ㄙㄨㄥˋ她ㄊㄚ什ㄕ˙麼ㄇㄜ˙也ㄧㄝˇ不ㄅㄨˋ稀ㄒㄧ奇ㄑㄧˊ。

而且爸爸一定又會說：
家裡快變成植物園啦。

巧克力糖，很不錯。
媽媽一一定會分給大家吃。

可ㄎㄜ是ㄕ她ㄊㄚ自ㄗ己ㄐㄧ好ㄏㄠ像ㄒㄧㄤ不ㄅㄨ愛ㄞ吃ㄔ，
這ㄓㄜ樣ㄧㄤ能ㄋㄥ算ㄙㄨㄢ是ㄕ特ㄊㄜ別ㄅㄧㄝ給ㄍㄟ她ㄊㄚ的ㄉㄜ禮ㄌㄧ物ㄨ嗎ㄇㄚ？

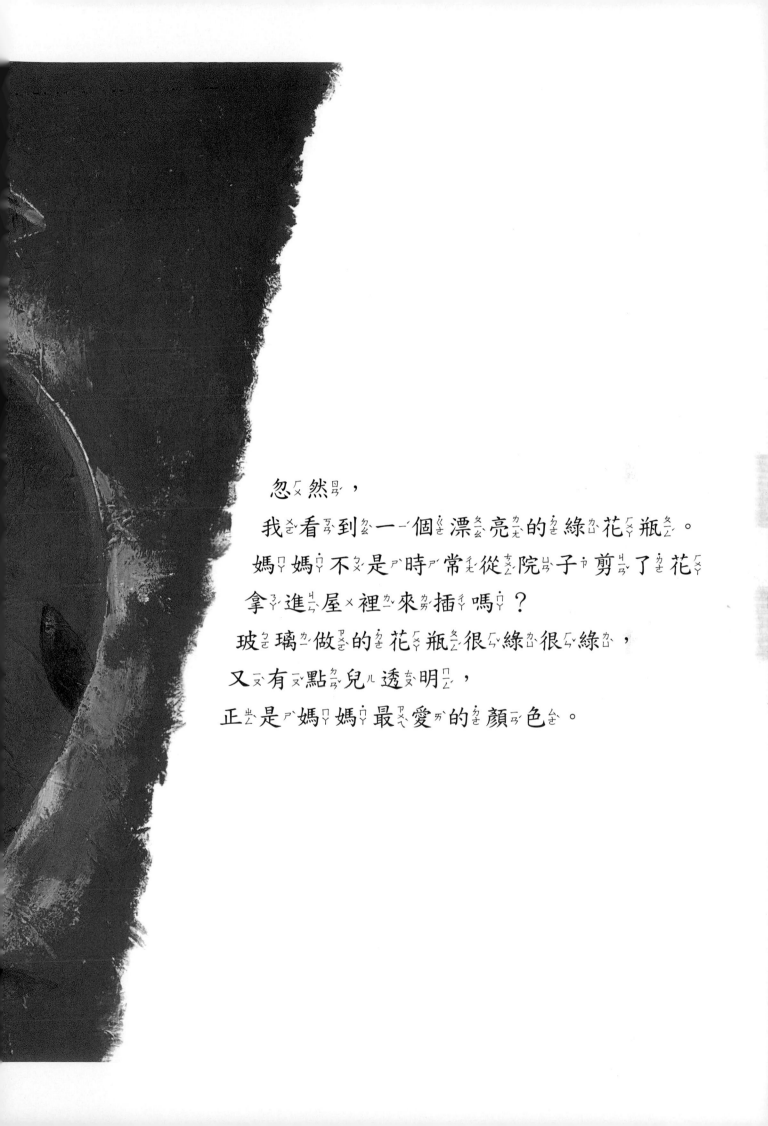

忽然，
我看到一個漂亮的綠花瓶。
媽媽不是時常從院子剪了花
拿進屋裡來插嗎？
玻璃做的花瓶很綠很綠，
又有點兒透明，
正是媽媽最愛的顏色。

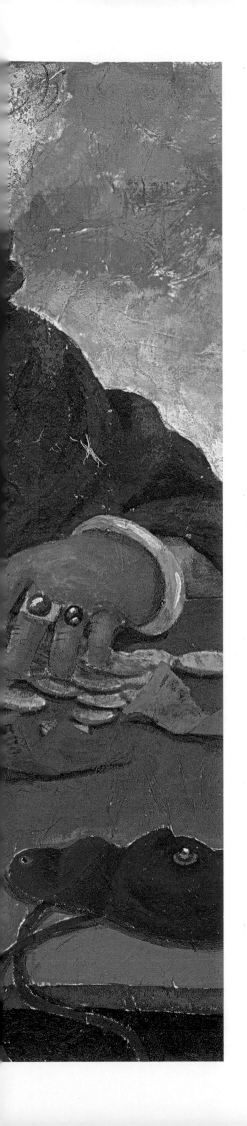

我ㄨㄛ一ㄧ見ㄐㄧㄢ就ㄐㄧㄡ喜ㄒㄧ歡ㄏㄨㄢ，
立ㄌㄧ刻ㄎㄜ掏ㄊㄠ出ㄔㄨ裝ㄓㄨㄤ錢ㄑㄧㄢ的ㄉㄜ小ㄒㄧㄠ口ㄎㄡ袋ㄉㄞ。
我ㄨㄛ緊ㄐㄧㄣ張ㄓㄤ得ㄉㄜ臉ㄌㄧㄢ都ㄉㄡ紅ㄏㄨㄥ了ㄌㄜ，
真ㄓㄣ怕ㄆㄚ錢ㄑㄧㄢ不ㄅㄨ夠ㄍㄡ多ㄉㄨㄛ。

袋子重重的，
比我的儲錢筒還重。
我卻快活得好像要
飛起來一樣。
我走得很快，
想快點到家，
等不及把花瓶拿出來，
包上花紙打上蝴蝶結。

要_{ㄧㄠˋ}到_{ㄉㄠˋ}家_{ㄐㄧㄚ}了_{ㄌㄜ}。

我_{ㄨㄛˇ}拎_{ㄌㄧㄥ}的_{ㄉㄜ}紙_{ㄓˇ}袋_{ㄉㄞˋ}撞_{ㄓㄨㄤ}到_{ㄉㄠˋ}我_{ㄨㄛˇ}的_{ㄉㄜ}膝_{ㄒㄧ}蓋_{ㄍㄞˋ}。

糟_{ㄗㄠ}糕_{ㄍㄠ}，來_{ㄌㄞˊ}不_{ㄅㄨˋ}及_{ㄐㄧˊ}了_{ㄌㄜ}。

那_{ㄋㄚˋ}麼_{ㄇㄜ}突_{ㄊㄨˊ}然_{ㄖㄢˊ}，

我_{ㄨㄛˇ}連_{ㄌㄧㄢˊ}接_{ㄐㄧㄝ}住_{ㄓㄨˋ}都_{ㄉㄡ}來_{ㄌㄞˊ}不_{ㄅㄨˋ}及_{ㄐㄧˊ}。

只慢了那麼一點點，
一點點而已，袋子掉到水泥地上。
我聽到摔破的聲音。
本來鼓鼓的紙袋，
現在看不出瓶子的形狀了。

熊ㄒㄩㄥˊ寶ㄅㄠˇ寶ㄅㄠ被ㄅㄟˋ小ㄒㄧㄠˇ狗ㄍㄡˇ咬ㄧㄠˇ斷ㄉㄨㄢˋ手ㄕㄡˇ的˙ㄉㄜ時ㄕˊ候ㄏㄡˋ，
我ㄨㄛˇ哭ㄎㄨ了˙ㄌㄜ。

小_{ㄒㄧㄠ}狗_{ㄍㄡˇ}菲_{ㄈㄟ}比_{ㄅㄧˇ}死_{ㄙˇ}掉_{ㄉㄧㄠˋ}的_{ㄉㄜ˙}時_{ㄕˊ}候_{ㄏㄡˋ}，我_{ㄨㄛˇ}哭_{ㄎㄨ}得_{ㄉㄜ˙}更_{ㄍㄥˋ}傷_{ㄕㄤ}心_{ㄒㄧㄣ}。
不_{ㄅㄨˋ}知_ㄓ道_{ㄉㄠˋ}為_{ㄨㄟˋ}什_{ㄕㄣˊ}麼_{ㄇㄜ˙}，摔_{ㄕㄨㄞ}破_{ㄆㄛˋ}這_{ㄓㄜˋ}個_{ㄍㄜˋ}花_{ㄏㄨㄚ}瓶_{ㄆㄧㄥˊ}，
我_{ㄨㄛˇ}比_{ㄅㄧˇ}以_{ㄧˇ}前_{ㄑㄧㄢˊ}難_{ㄋㄢˊ}過_{ㄍㄨㄛˋ}好_{ㄏㄠˇ}多_{ㄉㄨㄛ}好_{ㄏㄠˇ}多_{ㄉㄨㄛ}倍_{ㄅㄟˋ}。

我ㄨㄛˇ還ㄏㄞˊ是ㄕˋ把ㄅㄚˇ裝ㄓㄨㄤ著ㄓㄜ˙破ㄆㄛˋ花ㄏㄨㄚ瓶ㄆㄧㄥˊ的ㄉㄜ˙紙ㄓˇ袋ㄉㄞˋ撿ㄐㄧㄢˇ起ㄑㄧˇ來ㄌㄞˊ。

為ㄨㄟˋ什ㄕㄣˊ麼ㄇㄜ˙不ㄅㄨˋ抱ㄅㄠˋ著ㄓㄜ˙？一ㄧ開ㄎㄞ始ㄕˇ抱ㄅㄠˋ著ㄓㄜ˙就ㄐㄧㄡˋ好ㄏㄠˇ了ㄌㄜ˙。

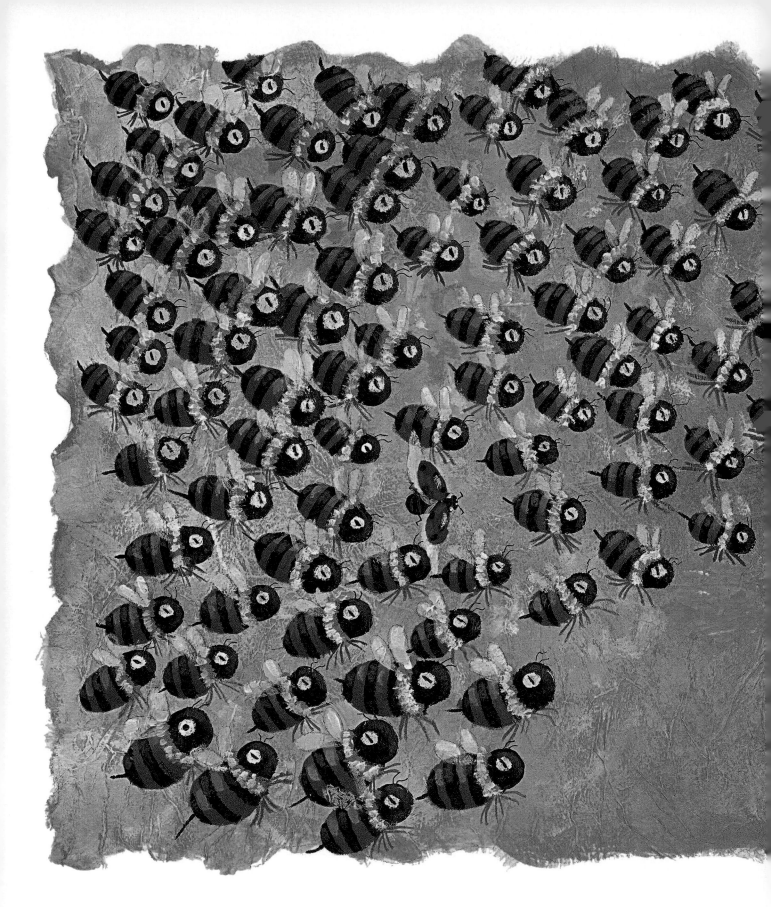

我ㄨㄛˇ的ㄉㄜ˙心ㄒㄧㄣ好ㄏㄠˇ像ㄒㄧㄤˋ有ㄧㄡˇ一ㄧˋ百ㄅㄞˇ隻ㄓ蜜ㄇㄧˋ蜂ㄈㄥ在ㄗㄞˋ叮ㄉㄧㄥ咬ㄧㄠˇ。

回_{ㄏㄨㄟˊ}到_{ㄉㄠˋ}房_{ㄈㄤˊ}間_{ㄐㄧㄢ}，我_{ㄨㄛˇ}忍_{ㄖㄣˇ}不_{ㄅㄨˋ}住_{ㄓㄨˋ}痛_{ㄊㄨㄥˋ}哭_{ㄎㄨ}。
再_{ㄗㄞˋ}也_{ㄧㄝˇ}忍_{ㄖㄣˇ}不_{ㄅㄨˋ}住_{ㄓㄨˋ}了_{ㄌㄜ˙}。

媽媽進來問我為什麼傷心。我說：
「明天母親節，本來要給你一個驚喜的。
可是，可是⋯⋯」

媽媽拿起破片對著窗子照，

透過陽光，破玻璃綠得像寶石。

她說：「看，這顏色多美麗，

我有個好主意。」

第二天，我跟媽媽在院子裡
工作了一整天。

手_{ㄕㄡˇ}忙_{ㄇㄤˊ}腳_{ㄐㄧㄠˇ}亂_{ㄌㄨㄢˋ}，身_{ㄕㄣ}上_{ㄕㄤˋ}是_{ㄕˋ}泥_{ㄋㄧˊ}臉_{ㄌㄧㄢˇ}上_{ㄕㄤˋ}是_{ㄕˋ}笑_{ㄒㄧㄠˋ}。

我ㄨㄛˇ們ㄇㄣˊ找ㄓㄠˇ了ㄌㄜ˙一ㄧ塊ㄎㄨㄞˋ木ㄇㄨˋ板ㄅㄢˇ，我ㄨㄛˇ幫ㄅㄤ媽ㄇㄚ媽ㄇㄚ˙攪ㄐㄧㄠˇ和ㄏㄜ˙一ㄧˋ種ㄓㄨㄥˇ像ㄒㄧㄤˋ
水ㄕㄨㄟˇ泥ㄋㄧˊ一ㄧˊ樣ㄧㄤˋ的ㄉㄜ˙膠ㄐㄧㄠ，再ㄗㄞˋ把ㄅㄚˇ膠ㄐㄧㄠ泥ㄋㄧˊ塗ㄊㄨˊ在ㄗㄞˋ木ㄇㄨˋ板ㄅㄢˇ上ㄕㄤˋ。

媽ㄇㄚ媽ㄇㄚ教ㄐㄧㄠ我ㄨㄛ把ㄅㄚ破ㄆㄛ玻ㄅㄛ璃ㄌㄧ一ㄧ片ㄆㄧㄢ一ㄧ片ㄆㄧㄢ黏ㄋㄧㄢ上ㄕㄤ去ㄑㄩ。

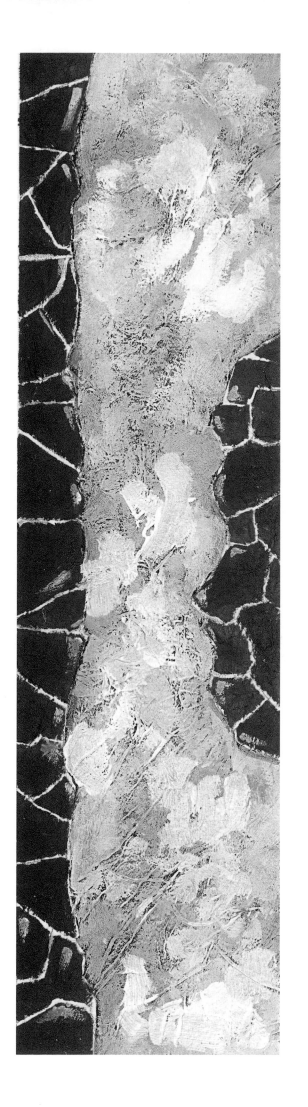

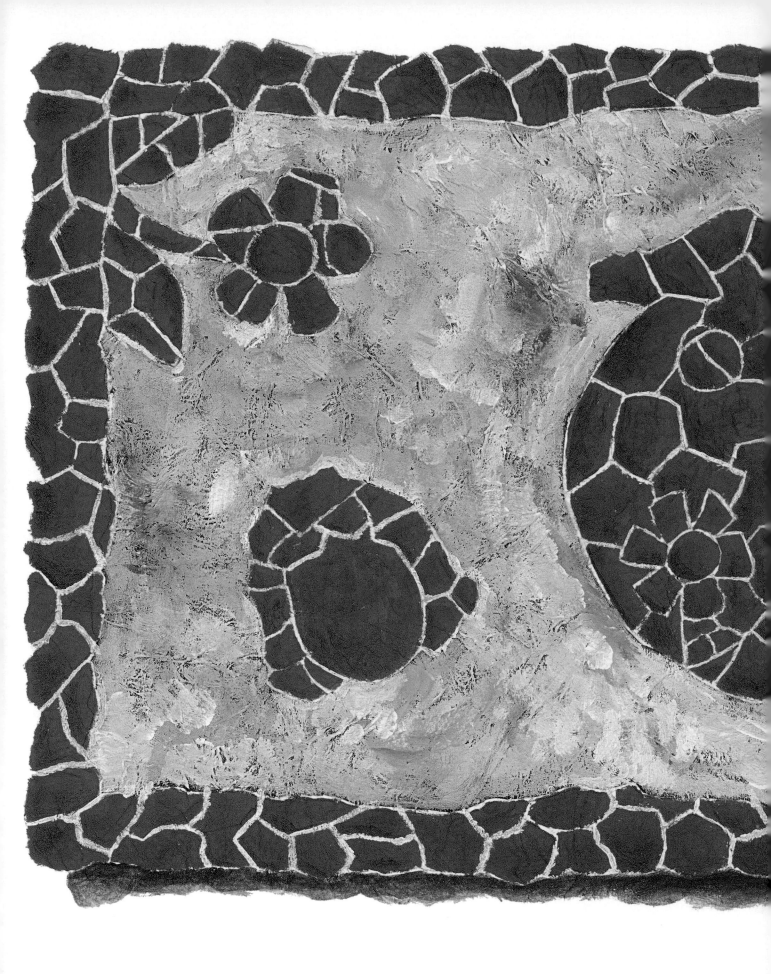

我ㄨㄛˇ像ㄒㄧㄤˋ個ㄍㄜˋ小ㄒㄧㄠˇ小ㄒㄧㄠˇ泥ㄋㄧˊ水ㄕㄨㄟˇ匠ㄐㄧㄤˋ，不ㄅㄨˋ，是ㄕˋ魔ㄇㄛˊ術ㄕㄨˋ師ㄕ，
把ㄅㄚˇ破ㄆㄛˋ花ㄏㄨㄚ瓶ㄆㄧㄥˊ變ㄅㄧㄢˋ出ㄔㄨ新ㄒㄧㄣ花ㄏㄨㄚ樣ㄧㄤˋ。

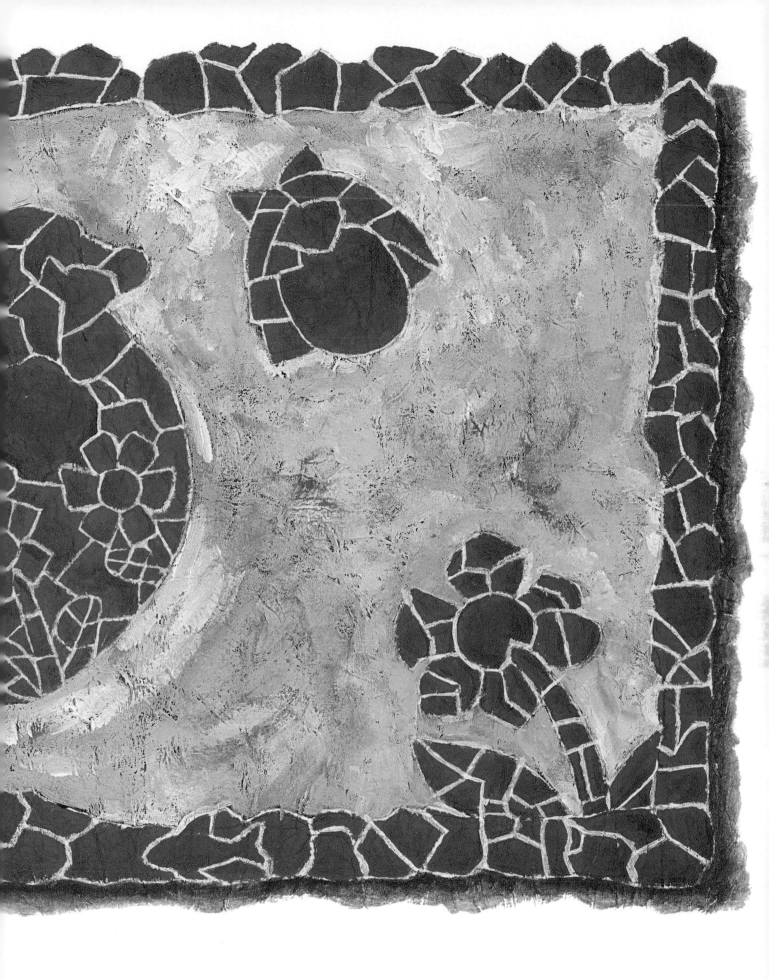

這就是我給媽媽的母親節禮物：
一幅綠玻璃鑲嵌畫。

這是我最難忘的母親節。

我送媽媽一個摔破的花瓶；
媽媽給了我最完美的幸福。